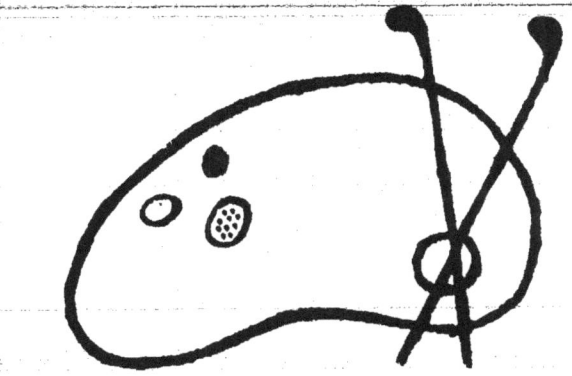

Fin d'une série de documents
en couleur

RECONNAISSANCE ET PROBITÉ

3e SÉRIE GRAND IN-32.

RECONNAISSANCE
ET PROBITÉ

PAR

MADAME DE GENLIS.

LIMOGES
EUGÈNE ARDANT ET Cie, ÉDITEURS.

RECONNAISSANCE

ET PROBITÉ [1]

Dans le fond de l'Auvergne, à peu de distance de Clermont, vivait un honnête cultivateur, que divers accidents avaient entièrement ruiné, malgré la sagesse de sa conduite. Il était veuf, et ne s'étant marié qu'à l'âge de cinquante-deux ans, il était déjà un vieillard lorsque son fils

[1] Cette histoire n'est point d'invention ; elle est consignée dans les mémoires de l'Académie française, et elle a eu la plus grande publicité. On a conservé fidèlement les noms des deux héros.

unique n'avait encore que dix ans. Ce bon paysan, nommé Furcy, habitait une petite cabane délabrée; il travaillait en journée, et son modique salaire suffisait à peine pour sa subsistance et celle de Bourguignon, son enfant; cependant il avait conservé une chèvre, uniquement destinée à la nourriture de Bourguignon. Le pauvre Furcy se privait de tout pour subvenir aux besoins de son fils; mais, à la fin, sa misère devint telle, qu'il fut obligé de l'envoyer à Paris pour y chercher fortune; un roulier de ses amis se chargea de l'y conduire *gratis*. Ce roulier consola de son mieux l'infortuné Furcy.

« Votre petit Bourguignon, lui dit-il, est avisé, intelligent; d'ailleurs il est robuste, accoutumé à gravir nos montagnes, il fera les commissions mieux qu'un autre; et puis je l'établirai dans la rue Saint-Honoré, à côté de la *maison neuve des Feuillants*; j'ai là des connaissances, entre autres celles du portier Chassin, qui est jeune, et un bien brave homme; je vous réponds qu'il prendra en amitié Bourguignon, et qu'il lui sera bien utile. »

Ces promesses adoucirent un peu la douleur de Furcy; il donna à son fils ses plus tendres bénédictions. Bourguignon, tout en pleurs, lui promit de revenir au bout de six mois. Durant le voyage, qui fut très heureux, il pleurait souvent ; le roulier chantait. Malgré son chagrin, Bourguignon ne perdait pas une occasion de se rendre utile : placé sur la grande charrette, il se hâtait d'en descendre au moindre accident ; il étonnait le roulier par sa force, son adresse et son agilité ; et il acheva de gagner entièrement son affection.

Enfin, on arriva à Paris ; Bourguignon fut bien surpris de trouver cette ville beaucoup plus grande que Clermont. Le roulier, suivant sa promesse, le présenta, le jour même, au portier Chassin ; celui-ci le reçut parfaitement, et lui donna des marques non équivoques de bienveillance et d'intérêt. Il obtint pour lui la permission de passer une huitaine de nuits sous un hangar qui se trouvait dans la cour ; en outre, il lui donna à manger ; et, dès le lendemain, il parla en sa faveur à quelques-uns des locataires, et leur inspira le désir de voir son protégé. Chacun fut charmé de la vivacité et de la gentillesse du petit Auvergnat ; on lui promit de le choisir pour commissionnaire, quand il connaîtrait un peu les rues de Paris. Bourguignon acquit promptement cette connaissance, grâce aux conseils et aux renseignements de son protecteur Chassin, et alors il eut un grand nombre de pratiques. Malgré son jargon auvergnat, il se faisait entendre p rfaitement ; il était si diligent, si exact et si fidèle, qu'on le préférait aux commissionnaires les plus expérimentés, et qu'on le payait toujours avec une libéralité particulière.

Tandis que Bourguignon prospérait à Paris, son pauvre père, en Auvergne, endurait les fatigues du travail le plus pénible, les angoisses de la misère et les tourments des inquiétudes paternelles. Il n'était nullement soulagé dans sa dépense par le départ de son enfant : car non-seulement il ne voulait pas profiter des travaux particuliers de Bourguignon, mais il avait formé le projet de mettre de côté pour lui quelques petites épargnes de son propre travail. « J'aurai du moins en mourant, se disait-il, la consolation de lui laisser une bonne petite somme pour héritage. »

Cette idée donnait un grand courage à

Furcy, malgré l'épuisement de ses forces physiques. Un matin, au mois de décembre, il retournait à pied lentement chez lui, lorsque, succombant à sa lassitude, il fut obligé de s'arrêter et de s'asseoir sur une pierre. Il se trouvait au pied de la fameuse montagne dont le sommet était habité par la respectable famille des Pinon (1). « Hélas! dit Furcy en levant les yeux vers la montagne, si je pouvais monter là-haut, j'y trouverais tous les

(1) Communauté célèbre de riches et vertueux laboureurs, possesseurs de la montagne et de tous les champs d'alentour, formant une espèce de petite république, ayant ses lois particulières, et dont le père ou l'aïeul de la famille était le chef. Leurs costumes, leur piété, leurs mœurs simples, semblaient reproduire et réaliser toutes les traditions de l'âge d'or. L'auteur de cet ouvrage a vu cet établissement, et tout ce qu'elle va décrire relativement à cette famille sera de la plus scrupuleuse exactitude. On ignore si, par un heureux oubli, la révolution a laissé subsister, sur la cime de cette montagne, l'ordre, la paix et un bonheur d'autant plus pur que la religion et la piété filiale en étaient les bases.

secours dont j'ai besoin; mais il faudra peut-être que je meure ici, à côté des meilleurs amis des pauvres voyageurs; ils sont là, ils ne peuvent m'entendre, et je ne puis profiter de leur compassion et de leur charité! »

Cependant le malheureux Furcy, faisant un effort en s'appuyant fortement sur son bâton, essaya de faire quelques pas sur le chemin escarpé de la montagne; mais il ne put continuer, et sans son bâton il aurait fait une chute dangereuse : alors perdant tout espoir, il pensa à son enfant, et ne put retenir ses larmes; mais, appelant à son aide Celui qui nous entend toujours, il invoqua Dieu, lui demanda de bénir son fils, de lui tenir lieu de père; résigné à son sort et confiant dans la divine Providence, il croisa ses bras sur sa poitrine, ses yeux se fermèrent : il s'évanouit !...

Quelques minutes après, un des jeunes Pinon, revenant à la montagne sur un char à bancs, aperçut le vieillard; il s'approcha, et voyant qu'il était sans connaissance, il le prit dans son char à bancs, et continua sa route. Pendant le trajet, Furcy reprit l'usage de ses sens : la vue d'un visage humain lui causa une telle joie, qu'il se ranima tout-à-fait, et lorsqu'il examina ce jeune homme, dont la douce physionomie exprimait une tendre compassion, il crut voir un ange libérateur.

Arrivé dans l'habitation des Pinon, on le fit entrer dans la vaste et belle cuisine qui servait de salle à manger et de salon à toute la famille. Le vieillard remarqua, en entrant, quinze ou seize jeunes filles vêtues uniformément de calmande brune, et portant attachés sur leurs têtes de longs voiles blancs, modeste parure qui les distinguait des femmes mariées; chacune d'elles tenait une quenouille et filait. Leurs mères et grand'mères assises vis-à-vis d'elles filaient aussi, mais au rouet. Cette intéressante réunion, qui offrait le contraste de la grave expérience un peu sévère avec la douce et timide innocence, charma les yeux du vieillard; les jeunes filles se levèrent à son approche et le firent asseoir au coin du feu, dans le grand *fauteuil d'hospitalité* : c'est ainsi qu'on appelait dans cette maison le siége commode et bien rembourré que l'on destinait au voyageur malade ou fatigué.

Lorsque aucun étranger n'était dans cette salle, le fauteuil restait vide. Deux jeunes filles s'empressèrent de ranimer le feu pour réchauffer le vieillard ; d'autres lui préparèrent un bouillon, tandis que le grand-père, chef de la famille, donnait des ordres pour son dîner et pour qu'il fût logé durant deux ou trois jours.

Il y avait dans cette maison un logement séparé pour un ecclésiastique infirme et octogénaire, oncle ou grand-oncle des maîtres de cette ferme immense. Comme Furcy se trouva beaucoup mieux dans l'après-midi, il témoigna le désir de recevoir la bénédiction du pieux et vénérable ecclésiastique. On le conduisit vers lui ; il était dans son oratoire. Furcy éprouva une joie mêlée d'espérance en voyant un vieillard âgé de vingt-quatre ans de plus que lui !... Mais son âme fut remplie d'une bien douce consolation quand il eut entendu ses saintes exhortations, et qu'il eut reçu de sa main un chapelet bénit.

A son retour dans la salle, Furcy y retrouva les jeunes filles qui, toutes à l'unisson, chantaient des noëls (car on était à la surveille de cette grande fête) ;

ces voix si fraîches, si justes et si mélo-
dieuses, lui causèrent un tel ravissement,
que la nuit suivante, durant un tranquille
sommeil, il crut toujours entendre les
célestes concerts des anges.

Il fut convenu que Furcy passerait plusieurs jours sur la montagne. Le lendemain matin, il alla de bonne heure faire
sa prière dans l'oratoire, et après le dé-
jeuner, comme il faisait beau, on le mena
dans le verger, où il fit une assez longue
promenade. Le chef de la famille ramena
Furcy à la maison et le fit asseoir dans le
fauteuil hospitalier. En ce moment on vint
annoncer la visite de la marquise de ...,
qui voyageait avec quelques autres personnes, et qui ne voulait pas quitter l'Auvergne sans avoir visité la célèbre communauté des Pinon. En entrant dans la
salle, la marquise s'approcha du feu pour
se chauffer, et le maître de la maison, se
tournant vers elle, lui dit en lui montrant
Furcy : « Madame, je ne vous offre pas la
place d'honneur; vous le voyez, elle est
occupée par un étranger malade. »

Comme le dîner était servi, on y invita
la marquise, qui accepta avec plaisir,
ainsi que les amis qu'elle avait amenés.

On se mit à table avec les bons paysans;
la marquise admira leur politesse naturelle; on parla des merveilles de l'Auvergne, de ces volcans éteints qui forment
de profondes cavités en entonnoir où l'on
peut descendre, et au fond desquels on
trouve souvent quelque grand châtaignier.
On vanta la beauté de la grotte de Royat
avec ses nombreuses cascades, près de
Clermont. On n'oublia pas de mentionner
les fontaines de poix, et celle qui a la
propriété de pétrifier promptement les
substances végétales ou animales qu'on y
plonge, en les recouvrant d'un sédiment
qui acquiert avec le temps une excessive
dureté. Un des jeunes Pinon fit un long
éloge de l'étendue des bois et de la
beauté du château de la terre de Randan.

Aussitôt après le dîner la marquise
quitta ses hôtes, emportant de cette montagne et de ses habitants un souvenir que
le temps n'a point effacé; et quelques
jours après, Furcy, comblé de leurs
bontés et bien reposé de ses fatigues
reprit le chemin de sa chaumière.

Pendant que ce bon vieillard employait
ses forces défaillantes à grossir la somme
qu'il destinait à son enfant, ce dernier, de

son côté, pensant toujours à son père,
travaillait avec une ardeur infatigable ; il
continuait à être protégé des personnes
qui habitaient la maison neuve des Feuillants, et l'honnête portier Chassin avait
pour lui une véritable amitié, il le nour-
rissait presque entièrement ; toutes les
commissions de la maison lui étaient toujours généreusement payées ; le propriétaire, M. de Villiers, lui donnait en outre
de quoi se vêtir, tantôt des habits, tantôt
des gilets, tantôt des bas, et il lui avait
réservé un petit refuge bien clos et bien
propre dans sa maison : de sorte que
Bourguignon, logé, entretenu et nourri,
pouvait, sans manquer de rien, mettre de
côté tout l'argent qu'il gagnait. Au bout
de sept mois, il se trouvait posséder un
peu plus de trois cents francs ; il fit tous
les petits préparatifs de son voyage, et
partit avec joie pour aller enrichir et re-
voir son père, qu'il retrouva en assez
bonne santé, mais tout aussi pauvre. Il lui
remit ses trois cents francs, que Furcy
alla secrètement déposer aussitôt dans un
sac contenant ses anciennes épargnes, et
qu'il avait caché dans sa paillasse.

Dans les derniers jours de l'automne,

Bourguignon partit de nouveau pour retourner à Paris. Il y retrouva le même
asile, les mêmes protecteurs, et ne dé-
mentit point son caractère ; sa conduite
fut toujours aussi pure, sa vie aussi active.

Un jour, un de ses protecteurs le fit
venir pour le charger de porter une lettre
aux Missions étrangères, à l'abbé de Fénelon, ce respectable ecclésiastique qui
avait rétabli l'ancienne institution des
Savoyards, auxquels il associa les enfants
auvergnats et limousins. Bourguignon
donna la lettre au domestique de l'abbé
de Fénelon, qui la porta sur-le-champ à
son maître ; au bout de quelques minutes,
le domestique revint dire au petit Auvergnat que monsieur l'abbé voulait lui parler ; il le conduisit dans son cabinet.
Monsieur de Fénelon reçut Bourguignon
avec sa bonté naturelle ; il lui expliqua
en peu de mots le but de l'association des
petits Savoyards et des enfants de l'Auvergne et du Limousin. « Je sais, ajouta-
t-il, que vous êtes sage et laborieux ; je
vous admettrai avec plaisir dans cette intéressante société : ce sera vous adopter
au nombre de mes enfants. »

Bourguignon, transporté de joie, ex-

prima sa reconnaissance avec la gentillesse et l'ingénuité de son âge. Il était au
comble de la joie. Au moment où il allait
se retirer, le bon abbé le retint pour atta-
cher à sa boutonnière l'honorable médaille de cuivre; il fut convenu qu'il irait
tous les dimanches recevoir l'instruction
chrétienne qui devait donner une base
solide à ses excellentes qualités mo-
rales.

Bourguignon retourna précipitamment
à l'hôtel des Feuillants, pour y remercier
ses protecteurs qui l'avaient si bien re-
commandé à l'abbé de Fénelon. Il passa
encore quatre ou cinq mois à Paris, au
bout desquels, possesseur de cent écus,
il alla rejoindre son père. Mais cette réunion fut bien triste : le pauvre Furcy était
dans l'état de santé le plus déplorable;
cependant il reçut avec un air satisfait
les trois cents francs que lui remit son
fils. « Mon enfant, lui dit-il, tu retrouveras
cela après moi, car je sens que j'ai bien
peu de temps à vivre.

— O mon père, s'écria Bourguignon, il
faut ne s'occuper que de votre santé et
employer toute cette somme pour la réta-
blir; j'en gagnerai d'autre. »

2

Le vieillard secoua la tête et ne répondit rien ; mais il serra et cacha l'argent, se promettant bien intérieurement de n'en pas dépenser une obole.

Bourguignon voulut en vain faire appeler un médecin ; Furcy répétait toujours que c'était inutile. Malgré tous les soins les plus tendres, le vieillard dépérissait sensiblement ; le sentant lui-même, il appela un matin son fils, et, tirant de sa paillasse un sac de toile qu'il y avait caché : Tiens, cher enfant, lui dit-il, voilà mille francs que j'ai amassés pour toi ; tu as gagné par ton travail la plus grande partie de cette somme, qui t'appartient tout entière : quoique tu ne sois que dans ta treizième année, tu feras, j'en suis sûr, un bon usage de cet argent : il pourra commencer ta fortune ; reçois-le avec les plus tendres bénédictions de ton père.

— Oui, dit Bourguignon en sanglotant, j'en ferai un bon usage. »

En proférant ces paroles, il se jeta à genoux ; son père le bénit, implora pour lui la protection divine, et lui recommanda de serrer son argent dans une vieille commode délabrée, mais dont l'un des tiroirs avait encore une serrure et une clef. Alors, retombant sur sa paillasse, le bon vieillard ordonna à son fils d'aller sur-le-champ chercher un prêtre. Bourguignon éperdu courut chez le curé; de là il envoya à Clermont un messager chargé d'en ramener un médecin. Il donna d'avance six francs à *son courrier*, en lui recommandant d'aller à toutes jambes.

Furcy reçut les sacrements, tandis que son fils, prosterné au pied de son lit, priait avec la ferveur la plus touchante. Après avoir rempli les devoirs de la religion avec une édifiante piété, le vieillard eut encore le temps d'embrasser son fils et de le presser contre son cœur. Quelques minutes après il tomba en paralysie, et perdit en même temps la connaissance et la parole. La désolation de Bourguignon fut au comble; cependant, comme son père respirait encore, il conserva quelque espérance, il supplia le curé, prêt à sortir de la chaumière, de lui envoyer la meilleure garde-malade du village, en lui montrant mille francs, toute sa fortune, qu'il était décidé à sacrifier pour contribuer au rétablissement de son père. Le curé, touché de sa piété filiale, l'excita à y persévérer, et l'assura que Dieu l'en récompenserait.

Le médecin trouva Furcy dans un très grand danger : « On pourrait peut-être le soulager, dit-il, mais il faudrait prescrire un traitement qui coûterait bien cher.

— N'épargnez rien, dit Bourguignon au médecin, disposez de tout ce que je possède. »

En effet, Bourguignon loua une baignoire, fit venir de Clermont les médicaments prescrits. Il dépensa de grand cœur sept ou huit louis, et comme une seule garde ne suffisait pas, il en fit venir une seconde.

Furcy resta trois mois dans le même état ; son fils n'épargnait rien pour le soulager ; il fallut acheter des draps, des serviettes, des chemises. Mais tout fut superflu ; le pauvre malade, à la fin tombant dans l'agonie, expira dans les bras de son fils, qui dépensa presque tout ce qui lui restait pour le faire enterrer et faire dire des messes pour le repos de son âme.

Ces devoirs remplis et toutes les dépenses payées, il ne restait à Bourguignon qu'environ cent francs ; mais il s'en consolait en disant : « Du moins cet argent a un peu prolongé son existence ! »

Il se décida à quitter l'Auvergne pour jamais, et, sans différer davantage, il partit pour Paris. Il y travailla d'abord sans ambition et avec indolence ; mais l'encouragement que lui donnèrent ses protecteurs ranima son courage et son émulation. Le curé de son village avait un parent à Paris, auquel il écrivait quelquefois ; dans une de ses lettres, il lui conta une partie de ce que Bourguignon avait fait pour son père. Ce parent connaissait monsieur de Villiers, propriétaire de l'hôtel des Feuillants ; ce récit toucha d'autant plus monsieur de Villiers, que Bourguignon ne s'était pas vanté de sa conduite, et qu'il s'était contenté de dire qu'il avait eu le malheur de perdre son père ; on voulut, non récompenser sa piété filialle, mais le remettre un peu en argent : on fit en secret pour lui une petite quête, qui produisit trois cent soixante francs, qu'on lui donna sans lui expliquer le vrai motif de cette libéralité, dans la crainte de renouveler sa douleur ; on se contenta de l'exhorter à travailler avec activité, ce qu'il fit par reconnaissance pour ses protecteurs.

A mesure que Bourguignon avançait en âge, le portier Chassin lui devenait de plus en plus utile : deux ou trois personnages fort riches vinrent successivement loger dans cet hôtel ; Chassin leur recommanda d'une manière particulière son jeune ami, pour lequel il obtint d'eux un service particulier qui valut beaucoup d'argent à Bourguignon. Comme il savait très bien lire et même écrire, il se rendait utile de mille manières ; et à seize ou dix-sept ans, ayant plus que doublé ses fonds, il se trouva possesseur de la somme de quinze cents francs. Il poursuivit sa carrière avec le même succès et le même bonheur, sans perdre un seul protecteur, et toujours secondé par le bon Chassin avec un zèle paternel. Il parvint ainsi à l'âge de trente-huit ans, ayant placé une somme de quatre mille francs, qui aurait pu être beaucoup plus considérable si la charité chrétienne ne l'eût habitué, dès sa première jeunesse, à distribuer aux pauvres des aumônes réglées, et à donner de temps en temps des secours à ses compatriotes malheureux.

Le ciel, voulant sans doute récompenser une vie laborieuse entièrement consacrée au travail et à la vertu, l'appela à lui de la manière la plus inopinée. Un jour, dans une de ses courses, il fit une chute et se donna un violent coup à la tête; il fit peu d'attention à cet accident, ne prit aucune précaution : un abcès se forma dans sa tête, bientôt il en ressentit les atteintes; enfin, au bout de quarante jours, il se trouva si mal qu'il se fit porter à l'hospice de la Charité : là on lui déclara qu'il n'y avait aucun espoir de le sauver; alors, après avoir rempli tous les devoirs de la religion, il fit venir un notaire, et lui dicta un testament dans lequel, déclarant qu'il n'avait ni frère, ni sœur, ni proche parent, qu'il ne s'en connaissait pas même d'éloigné, il disposait de la somme de quatre mille francs de la manière suivante : cinq cents francs à l'hospice de Charité; quatre cents francs pour les pauvres; cent francs pour des messes, et mille écus pour son bienfaiteur et son ami Chassin, portier de l'hôtel des Feuillants.

Peu d'heures après avoir fait et signé son testament, il reçut la visite de Chas-

sin, qui n'avait aucun soupçon de cette
disposition testamentaire, et qui, depuis
sa maladie, venait le voir régulièrement
tous les jours. Chassin fut effrayé de la
voir si faible; jugez de sa douleur en
apprenant qu'il était désespéré. En effet,
Bourguignon, entouré de toutes les con-
solations de la religion et de l'amitié,
fortifié par de vertueux souvenirs, expira
doucement dans la soirée de ce même
jour.

Jugez de la surprise de Chassin, lorsqu'on lui porta le testament de son ami
et les mille écus qu'il lui avait légués.
Après une courte réflexion : « Non, dit-il,
je ne garderai point cet argent; mon ami
n'avait que douze ans lorsqu'il quitta
l'Auvergne; il est bien possible qu'il eût
dans ce pays, sans le savoir, quelque
parent dans la misère, et c'est de quoi je
dois m'informer. » Tout occupé de cette
idée, Chassin écrivit sur-le-champ en Auvergne pour y prendre à ce sujet les in-
formations les plus détaillées.

Ces perquisitions ne furent point in-
fructueuses; on découvrit, au bout de
quelques mois, qu'il existait auprès de
Thiers un parent, à la vérité très éloigné,

de Bourguignon, mais qui s'appelait aussi Furcy, et qui, père de sept enfants, était dans la plus grande pauvreté. Le vertueux Chassin n'hésita pas ; il envoya sur-le-champ les mille écus à cet homme. Il ne se vanta point de cette action ; mais comme il avait employé beaucoup de personnes pour les recherches qu'il avait faites en Auvergne, ce procédé généreux fut généralement su dans la maison. Le maître de Chassin, M. de Villiers, en fut vivement touché ; et comme il témoignait à Chassin son admiration, celui-ci lui répondit qu'il n'avait aucun mérite à ce qu'il avait fait ; que *cet argent l'aurait tourmenté* ; et d'ailleurs il n'avait aucun besoin d'une telle somme avec un si bon maître, qui ne le laissait manquer de rien, et qui sûrement aurait soin de lui dans ses vieux jours.

M. de Villiers conta cette histoire à plusieurs personnes.

On venait de fonder depuis peu, à l'Académie française, un prix pour récompenser l'action la plus vertueuse faite dans le cours de l'année : ce prix consistait en une médaille d'or de douze cents francs. Trouvant avec raison que

Chassin en était digne, l'Académie le lui décerna.

Chassin fut bien étonné lorsqu'il vit un matin entrer dans sa loge des députés de l'Académie française ; ils lui annoncèrent qu'ils lui apportaient au nom de l'Académie, la médaille d'or comme un hommage rendu à sa vertu. Chassin, ne comprenant rien à cet hommage, en demanda l'explication ; alors, de plus en plus surpris : « Messieurs, dit-il, je vous suis bien obligé, mais en vérité je ne mérite pas une pareille récompense, car je n'ai agi que pour ma tranquilité. »

La simplicité sublime de cette réponse acheva de prouver combien Chassin était digne de l'honneur qu'on lui décernait.

Cette aventure eut le plus grand retentissement : chacun voulut voir Chassin, et même de grandes dames de la cour allèrent lui rendre visite. On fit son portrait, que l'on plaça dans l'une des salles de l'Académie.

La Providence récompensa véritablement Chassin ; cette gloire humaine ne l'enivra point ; il trouva le prix de sa vertu dans l'affection de son excellent maître, monsieur de Villiers. A l'âge de soixante et quelques années Chassin devint aveugle. Monsieur de Villiers le fit conduire dans une de ces terres et lui donna un domestique; là Chassin vécut jusqu'à quatre-ving-quatre ans, objet constant des plus tendres soins, toujours aimé, honoré, et sa vieillesse, jusqu'à la fin de sa longue carrière, fut parfaitement heureuse (1).

(1) Ces détails sont de la plus grande exactitude; l'auteur les tient d'une personne respectable (belle-sœur de M. de Villiers), qui a bien voulu les communiquer dans une notice remplie de charme et d'intérêt, à laquelle on doit les traits les plus touchants de ce récit.

LE MYOSOTIS.

Emilie, fille de M. Maurice, riche pro
priétaire, était d'un aimable caractère :
elle songeait toujours à ce qui pouvait
plaire aux autres, et s'efforçait d'obliger
toutes les personnes qui l'entouraient ;
elle était charitable envers les pauvres
et consacrait à les soulager une partie de
l'argent que son père lui donnait pour sa
toilette et ses plaisirs.

Cependant un défaut fâcheux ternissait
ces précieuses qualités, et lui donnait auprès de ceux qui ne la connaissaient
qu'imparfaitement la réputation d'une jeune
fille sans humanité et fort disposée à

trahir ses promesses : elle était extrême-
ment *oublieuse*. A peine avait-elle promis
quelque chose, à peine avait-elle pris et
exprimé une résolution, que déjà elle ne
s'en souvenait plus. Toute entière au moment présent, elle laissait complètement
échapper le passé de sa mémoire.

Promettait-elle de secourir un infortuné, il fallait que sa bonne lui rappelât sa
promesse, ou que le malheureux lui-même
ne la lui laissât pas oublier.

Elle avait, d'accord avec une de ses
amies, pris l'engagement de payer le prix
du pain d'une pauvre femme de quatre-
vingts ans; chaque mois son amie était
obligée de payer seule et de se faire rem-
bourser par Emilie; jamais celle-ci ne
songeait à la pauvre femme.

Une fois, elle voulut habiller une petite
fille, pour la première communion; elle
acheta une partie de ce qui était néces-
saire, et oublia le reste; de telle sorte que
la pauvre enfant ne put se présenter avec
ses compagnes à la sainte table.

Enfin elle avait des pigeons qu'elle ai-
mait beaucoup et qu'elle voulait soigner
seule; il se passait rarement une semaine
sans qu'elle les laissât souffrir de la soif

ou de la faim ; et cependant elle eût re-
gardé comme une cruauté de faire endu-
rer inutilement la moindre douleur à un
animal, eût-ce été à une araignée.

Quand son étourderie avait causé quelque
mal, elle s'en affligeait et se promettait
bien de se corriger ; mais cette promesse
n'était pas mieux tenue que les autres.

Dans le voisinage de la maison de
M. Maurice, qui habitait la campagne, vivait un ancien officier de cavalerie, qui,
retiré du service avec une petite pension,
avait grand'peine à suffire à ses besoins
et à ceux de Sophie, sa fille unique.

Lorsque Sophie atteignit l'âge de quatorze ans, la bonne éducation qu'elle avait
reçue la mit en état d'ajouter quelques
bénéfices au mince revenu de son père ;
elle donnait des leçons de dessin, de
grammaire, et même de musique aux jeunes demoiselles du voisinage ; mais, vers
le même temps, son père fut atteint d'in-
firmités, suites des nombreuses blessures
qu'il avait reçues et des longues fatigues
qu'il avait supportées, bientôt il lui fut
impossible de sortir de son lit. Sophie lui
tenait compagnie aussi souvent qu'il lui

était possible, et l'amusait par sa conversation.

Pour occuper utilement ces instants qu'elle lui consacrait, elle faisait, tout en causant, des broderies délicates et d'autres travaux difficiles, qu'elle vendait ensuite aux gens riches des environs. Ce fut ainsi qu'elle se trouva faire la connaissance d'Emilie.

Dès que celle-ci la vit, elle se sentit portée vers elle d'amitié et demanda à sa mère la permission de cultiver sa connaissance. Madame Maurice ayant appris combien était louable la manière d'agir de Sophie, autorisa Emilie à recevoir ses visites et à les lui rendre. Les deux jeunes filles devinrent en peu de temps les meilleures amies du monde.

Emilie employait des moyens indirects pour procurer à Sophie de petits bénéfices; si elle avait un cadeau à faire à sa mère, à son père, c'était toujours quelque ouvrage de Sophie qu'elle voulait donner. Bientôt elle désira prendre des leçons de broderie, Sophie lui en donna et elle la fit payer généreusement, puis on congédia, à sa demande, son maître de dessin, artiste en réputation, qui venait de la

ville voisine, et ce fut encore Sophie qui
en tint lieu ; les parents d'Emilie voyaient
et approuvaient ses bonnes intentions.

Néanmoins, il arrivait bien souvent qu'à
cause de son malheureux défaut mademoiselle Maurice causait de vifs chagrins
à son amie ; dans mille circonstances elle
lui faisait des promesses et ne les tenait
pas. Ainsi, madame Maurice étant tombée
malade, on fit venir de Paris un très célèbre médecin, pour obtenir de lui une
consultation. Emilie avait promis de me-
ner ce médecin chez le père de Sophie ;
celle-ci espérait qu'il pourrait indiquer
quelque remède qui guérirait ou soulage-
rait le vieil officier. Le médecin vint, ras-
sura complètement M. Maurice sur la maladie de sa femme. Emilie en eut grande
joie, et dans sa joie elle oublia sa promesse. Le médecin ne partit que le lendemain, et il partit sans avoir visité le père
de Sophie, quoiqu'il eût suffi de le lui
demander pour que la chose eût été
faite.

Emilie eut un grand chagrin de cette
négligence ; elle en fit bien sincèrement
ses excuses à Sophie et au malade, mais
son chagrin ne remédia à rien : le vieil

officier avait peut-être manqué une occasion de guérir.

Quelque temps après Emilie voulut faire un dessin pour la fête de sa mère, elle pria son amie d'aller à la ville voisine lui choisir un modèle convenable.

— Je ne puis, disait-elle, y aller moi-même ni envoyer quelqu'un de la maison sans en donner le motif; dans l'un et l'autre cas, ma mère le saurait, et je tiens à la surprendre.

Sophie lui fit observer qu'elle ne pouvait laisser son père si longtemps seul.

— Eh bi n! ma chère, pendant que vous soignerez ma mère, moi je resterai près de votre père. Allez sans crainte, je lui tiendrai fidèle compagnie jusqu'à votre retour. Je vais mettre mon chapeau et me rendre chez vous de ce pas.

Effectivement, Emilie sortit en même temps que Sophie; mais à peine l'eut-elle quittée, qu'elle rencontra une de ses tantes qui, accompagnée de ses deux filles, venait faire visite à madame Maurice.

Emilie ne put se dispenser de revenir avec les dames auprès de sa mère; là, au lieu de leur faire connaître qu'un devoir l'obligeait à s'absenter pour quelques heures, le devoir, la promesse sortirent de sa tête, et elle passa le reste de la journée sans songer qu'elle laissait dans l'isolement un pauvre malade qui avait besoin de compagnie et peut-être même de soins.

La tante et les deux cousines restèrent encore le lendemain près de la malade. Emilie, en les menant promener dans le village, passa devant la porte de Sophie, et tout-à-coup sa conduite de la veille, sa négligence coupable se présentèrent à son esprit; elle aurait bien voulu passer outre, car elle s'attendait à de justes reproches, elle ne le put. Sophie qui, l'avait aperçue par sa fenêtre, vint au-devant d'elle et la pria d'entrer se reposer un instant avec ses deux cousines. Elle se garda bien de lui adresser un seul mot de plainte en présence des étrangères, et sembla même ne songer qu'à faire les honneurs de la petite maison; elle montra ses dessins, ses broderies, de jolies fleurs qu'elle cultivait. Au moment où les trois demoiselles se retiraient, elle donna à chacune des deux cousines un bouquet de roses, et à Emilie un bouquet de la fleur qu'on nomme communément *ne m'oubliez pas.*

et dont le véritable nom est *myosotis*. A ce bouquet étaient jointes quelques autres fleurs.

Emilie reçut le cadeau en rougissant, et fut touchée de la manière délicate et détournée que son amie employait pour lui adresser des reproches si bien mérités, sans divulguer son tort.

— Sophie, lui dit-elle, vous êtes la meilleure fille du monde et l'amie la plus sûre ; je vous remercie de votre joli bouquet, c'est précisément celui qui me convenait.

En rentrant, Emilie déposa son bouquet dans sa chambre ; elle voulait le garder comme un souvenir de sa faute : le lendemain en se levant il lui frappa les yeux, et elle vit avec étonnement que le myosotis avait le même éclat que la veille, tandis que les autres fleurs étaient toutes fanées.

Elle examina de plus près ce prodige, et reconnut que la touffe de myosotis était formée de fleurs et de feuilles artificielles si bien imitées que c'était à s'y méprendre.

— Vous avez bien fait, Sophie, pensa-t-elle; j'ai besoin d'un avertissement de tous les jours pour me corriger de ma négligence. Ce bouquet qui ne se fane pas sera un souvenir durable ; matin et soir il me rappellera que je ne dois pas oublier mes promesses ; ma bonne Sophie, vous me rendez service !

Aussitôt Emilie alla chez son amie ; elle lui rendit grâce de sa bonté, de son indulgence et de l'avis qu'elle lui avait donné d'une manière si aimable.

— Votre leçon, ajouta-t-elle, portera ses fruits ; je prends dès aujourd'hui la résolution, chaque fois que je ferai une promesse, de placer votre bouquet sur ma table de travail, et de l'y laisser jusqu'à ce que j'aie accompli ce que j'aurai promis.

— Très bien ! bravo ! dit le père de Sophie, qui était présent, faites cela pendant un mois et ensuite le bouquet deviendra inutile ; les bonnes habitudes ne sont pas plus difficiles à prendre que les mauvaises, seulement il faut vouloir, et vouloir fortement pendant quelque temps.

Dès qu'elle fut rentrée chez sa mère, Emilie fit effort de mémoire et parvint à se rappeler plusieurs engagements qu'elle avait pris ; elle les mit par écrit, et le

bouquet, placé dans un joli vase, resta
sur la table jusqu'à ce que tout fût exé-
cuté.

Elle continua de même et elle éprouvai
une vive joie; quand elle pouvait serre
le joli vase, elle se disait :

— Tout ce que je pouvais faire de bien
je l'ai fait; personne n'est en droit de se
plaindre de ma négligence, elle ne fait
plus souffrir personne.

Madame Maurice remarqua bien vite
que sa fille se corrigeait du défaut qu'elle
lui avait tant de fois reproché; quand
elle vit que rien n'était plus négligé et
qu'autant les promesses d'Emilie avaient
jadis été frivoles, autant ses engagements
étaient maintenant sûrs, elle lui demanda
l'explication d'un changement complet et
subit. Emilie conta naïvement ce qui s'é-
tait passé.

— Tu as bien agi, ma fille, dit la mère,
et Sophie s'est conduite à ton égard comme
une véritable amie; vous devez l'une et
l'autre en trouver la récompense, c'est à
moi d'y pourvoir.

Madame Maurice ne s'expliqua pas d'a-
vantage, mais elle fit faire deux bagues
en or, ornées chacune d'un myosotis en

pierreries. Elle donna ces deux bagues à sa fille le jour de sa naissance en lui disant :

— Garde pour toi l'un de ces bijoux, et sache t'en servir comme tu te servais de ton bouquet; quant à l'autre, disposes-en comme bon te semblera.

Sophie entrait au même moment pour complimenter son amie sur son jour de naissance. Celle-ci courut vers elle et lui dit en lui présentant la bague :

— Vous n'avez pas besoin d'un souvenir pour exécuter vos devoirs, chère Sophie; cependant, prenez ce myosotis, il vous rappellera celle qui vous l'offre et le service que vous lui avez rendu.

Madame Maurice applaudit aux paroles d'Emilie et apprit en même temps à Sophie que, grâce à l'appui de son mari et à la protection de quelques amis puissants, on venait d'obtenir que la pension de son père serait doublée et passerait à sa fille après lui; c'était une justice qu'on rendait à cet officier, qui longtemps avait servi avec distinction; elle lui assurait une petite fortune.

Sophie continua néanmoins ses travaux et ses leçons : seulement elle put en consacrer le produit à soulager l'infortune des autres, et elle goûta, ainsi que son amie, le plaisir de promettre du secours aux malheureux et la joie de tenir exactement ses promesses sacrées.

LES FRAISES.

Lucie était la fille d'un vannier; ses parents étaient des gens pieux et amis du travail, mais peu fortunés.

Un jour on leur dit qu'un des anciens habitants du village, qui avait longtemps servi comme soldat, revenait au pays malade et avec une jambe de bois.

—Que pourrons-nous faire pour ce pauvre homme? disait le mari à la femme; le commerce ne va pas bien, et j'ai grand'-peine à gagner ce qu'il nous faut pour vivre.

— Mon ami, répondit la femme, nous ferons de notre mieux.

Lucie entendit cette conversation; elle vint auprès de ses parents, et leur dit : Mes parents, si vous me le permettez, ce sera moi qui secourrai le pauvre invalide; et elle expliqua ce qu'elle comptait faire.

— Ce sera bien, ma fille, reprit son père, et il en coûtera moins à la fierté d'un ancien soldat d'être aidé par un enfant que de l'être par tout autre.

Le lendemain, Lucie alla trouver l'invalide et le pria d'accepter une petite pièce de monnaie. Le surlendemain, elle trouva en outre le temps de mettre sa chambre en ordre. Après qu'elle fut allée le visiter ainsi pendant quinze jours, le brave soldat lui dit :

— Mon enfant, je suis bien reconnaissant de ce que vous faites pour moi; mais comment pouvez-vous me secourir? Je viens d'apprendre que vos parents ne sont pas beaucoup plus riches que moi. Comment vous procurez-vous cet argent que vous me donnez? Votre bienfaisance ne vous a-t-elle pas fait commettre quelque faute? Songez que j'aimerais mieux mourir de faim que de recevoir un sou qui ne fût pas légitimement acquis.

— Cessez de vous inquiéter, lui répondit Lucio ; l'argent que je vous donne est le fruit de mon travail, et mes parents savent bien que j'en dispose en votre faveur. Alors elle lui dit ce qui s'était passé chez son père, et elle ajouta :

— Autrefois je partais tous les matins à huit heures pour aller à l'école de la ville, qui est à une demi-lieue d'ici. Depuis que vous êtes de retour, je me lève deux heures plus tôt, je fais un petit panier d'osier, et en traversant le bois qui est sur mon chemin je me mets à chercher des fraises. Quand mon panier est rempli, je vais le porter à une fruitière, et l'argent que je vous apporte est le prix qu'elle me le paie.

Le soldat, en entendant ce récit, avait les yeux mouillés de larmes.

— O ma chère enfant! s'écria-t-il, je te dois bien plus que je ne le pensais! je croyais que pour me soulager tu te privais de ce que te donnait ta famille, d'un argent destiné à acheter quelque bagatelle, à satisfaire quelque fantaisie; et maintenant je vois que pour me le donner il faut que tu le gagnes toi-même par ton tra-

vail; Dieu te bénira et te récompensera,
ainsi que tes parents.

Le lendemain l'on vit arriver dans le
village un général qui, à l'auberge, entendit parler du vieux soldat. Il alla le voir
et le reconnut pour un brave qui lui avait
sauvé la vie. Il s'informa de ses moyens
d'existence, et apprit que sans le secours de la petite fille, son sauveur serait
peut-être mort de faim.

— Mon brave, dit le général, tu n'auras
plus besoin de personne; je te ferai une
pension qui te mettra dans l'aisance. Mais,
en attendant, la petite fille qui a payé ma
dette, où est-elle? Il faut que je la rem-
bourse, et que je lui témoigne combien
j'admire la bonté de son cœur.

A peine achevait-il ces mots, que Lucie
entra tenant à la main la pièce de dix
sous qu'elle avait reçue pour ses fraises.
Le général la pria de le conduire chez ses
parents. Quand il fut auprès d'eux, il leur
dit :

— Voilà quinze jours que votre fille
Lucie donne tous les matins une pièce
d'argent à votre voisin le soldat; comme
je suis son trésorier, je viens vous rem-
bourser. En même temps il remit dans les

mains du père étonné quinze pièces d'or.
Celui-ci ne voulait pas les recevoir : mais
le général exigea qu'il les conservât pour
sa fille : — car, dit-il, celle qui fait si
bon usage de son argent ne doit pas en
manquer. Puis, se tournant vers elle, il
ajouta :

— Continuez à être bonne et charitable,
vous aurez en moi un protecteur affec-
tionné.

Le général, qui demeurait dans un château des environs, ne manqua pas à sa
promesse, et fit par son appui le bonheur
de Lucie et de sa famille.

LES DEUX COUSINES.

Au commencement de mai de l'année
1822 il y avait grand remue-ménage à Bi-
gnan, dans une petite auberge intitulée
pompeusement *Hôtel Royal de France*. Là
venaient de s'arrêter deux voitures traî-
nées chacune par trois chevaux de poste;
il en était descendu deux jeunes dames,
un vieux monsieur et plusieurs domestiques. L'hôtesse se multipliait pour s'occuper à la fois des voitures, des paquets,
des maîtres et des gens; du haut de la
galerie extérieure qui régnait sur la cour
tout le long de son unique corps de lo-

gis, elle donnait ses ordres au garçon d'écurie, à sa servante et même à son mari ; puis, en se retournant, elle adressait la parole aux dames qui venaient de s'établir dans deux chambres donnant sur la galerie ; et bien qu'il fût à peine sept heures du soir et qu'on se trouvât vers le milieu du printemps, elle demandait si l'on ne voulait pas du feu, de la lumière, etc. ; tout-à-coup elle s'interrompit pour crier :

— Hélène ! Hélène ! ayez soin de faire rafraîchir les gens de ces dames !

Comme il faut que tout cesse dans le monde, ce mouvement continuel cessa dès que les voyageurs furent renfermés dans leurs appartements, et les domestiques retirés dans les chambres où ils devaient passer la nuit.

Nous profiterons de ce moment de repos pour apprendre à nos lecteurs quels étaient les auteurs de ce tumulte qui avait soudainement troublé le silence habituel de l'*Hôtel Royal de France.*

C'étaient, d'abord, deux demoiselles toutes deux fort jeunes, orphelines toutes deux, qui sous la conduite de leur tuteur commun allaient s'établir dans un château au fond du Nivernais pour y passer la belle saison.

Elles étaient cousines, mais d'un peu loin ; la plus âgée avait seize ans, elle était fille unique de M. de Cérizy, ancien général de l'empire, mort l'année précédente, se nommait Olympe, et possédait une immense fortune consistant principalement en bois.

La plus jeune comptait environ deux ans de moins, elle avait une figure agréable et qui plaisait surtout par son air de bonté et de douceur, avantages que ne possédait pas mademoiselle Olympe, quoiqu'elle fût jolie. Cette seconde voyageuse s'appelait Virginie de Laroche ; elle n'avait jamais connu ni son père ni sa mère. Celui-ci, diplomate distingué, qui semblait devoir parcourir une brillante carrière, était mort fort jeune, et son épouse l'avait suivi de près, laissant Virginie aux soins d'un vieux chevalier de Saint-Louis, son oncle, qu'elle lui avait désigné pour tuteur, et qui était notre troisième voyageur de l'auberge.

Ce choix avait été fait avec sagesse ; le vieillard, en dirigeant l'éducation de sa petite-nièce, employa tous les soins et toute l'habileté désirables; aidé par une bonne gouvernante et des maîtres expérimentés, il avait fait une élève dont il était fier à juste titre. Virginie à quatorze ans était grande, posée et raisonnable comme si elle en avait eu dix-huit, elle possédait les talents qui conviennent à une jeune fille de bonne famille, et, ce qui vaut mieux, on voyait déjà briller en elle le germe des plus précieuses vertus.

C'est ce beau succès qui sans doute avait déterminé la famille de Cérizy à charger le chevalier d'une seconde pupille; mais il faut dire qu'on la lui avait donnée toute grande, toute formée, et que le tuteur avait eu beaucoup de peine à prendre sur elle une autorité du reste fort précaire.

Vainement tentait-il de réformer les défauts que le naturel un peu âpre d'Olympe lui avait fait contracter sous la direction d'un père qui l'idolâtrait; vainement lui répétait-il que la douceur, la bonté du cœur, l'indulgence pour les fautes d'autrui sont le plus bel apanage d'une femme; mademoiselle de Cérizy était parfois dure et hautaine, toujours exigeante et moqueuse; on voyait bien que les conseils de sa mère, qu'elle avait perdue dès son enfance, lui avaient manqué.

Sans pousser plus loin les détails de ces portraits, laissons agir nos personnages, ils révèleront eux-mêmes aux lecteurs leur propre caractère.

Le lendemain, à neuf heures du matin, Virginie était sortie depuis longtemps pour faire une promenade avec son tuteur, qui avait manifesté le désir de parcourir les environs.

Avant son départ, elle avait vu les domestiques, s'était inquiétée de la santé de l'un d'eux que la voiture avait indisposé. Elle avait aussi donné un coup d'œil aux bagages, aux voitures.

Quant à mademoiselle Olympe, elle dormait encore, car ce voyage la martyrisait. Deux fois Zoé, sa femme de chambre, était venue sur la pointe du pied; elle n'avait osé éveiller sa maîtresse; au moment où elle se retirait pour la seconde fois, avant qu'elle eût refermé la porte entr'ouverte sur elle avec précaution, de bruyantes clameurs s'élevèrent dans la cour, et arrivèrent jusqu'à l'oreille de la dormeuse; elle entendit l'hôte, et surtout l'hôtesse, qui donnaient les épithètes les plus injurieuses à quelqu'un qui leur répondait tantôt par des prières, tantôt par des menaces et d'aller se plaindre à M. le maire.

— Zoé ! Zoé ! s'écria Olympe, quels sont donc les mal-appris qui m'éveillent aussi brutalement ? Voyez cela, et dites à l'hôtesse que je suis fort mécontente de ce que mon sommeil n'a pas été respecté. Mais allez donc vite ! on croirait que ces gens vont s'égorger, je veux savoir ce que c'est.

Zoé descendit et s'avança vers le groupe disputant ; sa présence et ses questions ramenèrent le calme ; elle vit que l'objet de la colère des aubergistes était un jeune paysan auquel on demandait le paiement de *six livres sept sols*, et dont on retenait le bagage pour servir de nantissement, attendu qu'il s'était laissé aller à boire avec deux mauvais sujets qui l'avaient grisé et lui avaient volé tout-son argent.

Les explications recommençaient lorsque Virginie entra dans la cour. Elle entendit le jeune paysan dire :

— O mon Dieu ! je ne demeure qu'à quinze lieues d'ici. Je suis du village de Saint-Remy, en Nivernais, je puis y être ce soir et vous envoyer votre argent demain ; je vous en prie, ne faites pas que j'arrive dans ma famille sans effets comme un vagabond.

Mademoiselle de Laroche demanda à son tour ce qu'on voulait à ce garçon ; et dès que Zoé lui eut expliqué le sujet de la querelle, elle se rendit accompagnée de son oncle dans la chambre occupée par ce dernier, après avoir dit au jeune paysan de la suivre.

Quand ils furent seuls, elle s'informa de nouveau s'il était réellement de Saint-Remy.

— Prenez garde, dit-elle, à ce que vous allez me répondre, car moi-même je suis née dans ce pays, j'y possède des propriétés et je me rends en ce moment chez mademoiselle de Cérizy, dont le château est à une lieue de la maison que m'a laissée mon père.

— Comment, Mademoiselle, s'écria le jeune paysan, vous seriez la fille de M. de Laroche ! Alors je suis bien sûr de ne pas rester dans l'embarras, car on vous dit bien bonne, et le mal que j'ai fait n'est pas grand'chose. Voici le fait : Je suis réellement de Saint-Remy ; mon père est maréchal-ferrant et fait en outre un petit

commerce de bois; il m'a fait apprendre
le premier de ces deux états, quand j'ai
eu vingt ans il m'a envoyé faire mon tour
de France.

Voilà deux ans que je voyage de ville
en ville, et je me suis perfectionné dans
le métier, outre que j'ai appris un peu de
serrurerie. On m'a écrit du pays de revenir parce qu'on va marier ma sœur et que
mon père veut me céder sa forge. J'étais
en chemin pour retourner, et suis arrivé
hier dans ce village à deux heures. Je suis
entré dans l'auberge pour y dîner. J'y ai
trouvé deux hommes qui se sont dits ser-
ruriers et avec lesquels j'ai fait connaissance, un peu trop vite peut-être. Nous
avons dîné ensemble; ces deux fripons
m'ont fait boire assez pour m'étourdir,
moi qui d'ordinaire suis très sobre; je
mesuis endormi la tête sur la table, et ils
ont profité de mon sommeil pour me voler
ma ceinture où j'avais mis l'argent né-
cessaire à mon voyage, et cent vingt francs
d'épargnes. Quand la nuit est venue, l'aubergiste m'a éveillé pour me faire cou-
cher; c'est ce matin seulement qu'on m'a
demandé le payement de mon écot, et
même de celui des deux voleurs; j'ai vu

alors qu'ils m'avaient laissé sans le sou. J'ai conté l'affaire à l'aubergiste, je lui ai montré mes papiers, et l'ai prié de me faire crédit jusqu'à ce que je fusse arrivé chez mon père, à Saint-Remy, mais il m'a refusé; je lui ai alors offert en gage une partie de mes effets : il ne s'en est pas contenté, il s'est emparé de mon chapeau, de mon havresac, et il dit qu'il veut tout garder jusqu'à ce que je lui aie payé six francs et sept sous, dont, pour mon compte, je lui dois à peine le tiers!

Pendant ce long discours, que le paysan débita d'une manière fort intelligente, Olympe était entrée. Elle semblait être de fort mauvaise humeur et se hâta de répondre.

—Et c'est à cause de cette sotte affaire que vous êtes venu jeter les hauts cris à la porte de ma chambre, que vous m'avez éveillée, que vous m'avez causé une migraine affreuse! Vous espérez qu'après cette belle équipée nous allons payer vos dettes de cabaret? n'en croyez rien ; si vous vous trouvez dans l'embarras, vous l'avez bien mérité; je réserve mes aumônes pour des gens qui en sont plus dignes.

Le jeune paysan rougit jusqu'aux yeux.

— Ceci est bien sévère, Mademoiselle, dit le chevalier; le mieux que nous puissions faire, c'est de mettre cette dureté sur le compte de votre migraine.

— Je ne suis pas dure, Monsieur, répondit-elle, je suis juste; il faut que ceux qui font mal soient punis.

Et aussitôt elle se leva et passa dans sa chambre, pour achever de s'habiller. Le chevalier la regarda sortir d'un air triste, puis il fit quelques questions au jeune paysan, qui lui présenta la dernière lettre de son père. Il était réellement Louis Mathieu, fils d'André Mathieu, le maréchal de Saint-Remy.

— Mon cher tuteur, dit Virginie, vous me permettrez bien de tirer d'embarras M. Louis, qui est mon compatriote.

— Certainement, mon enfant, dit le chevalier. Louis me paraît être un bon garçon qui a commis une petite faute dont il est grandement puni. Faites ce que votre bon cœur vous suggère.

— Mademoiselle, interrompit Louis, je ne désire qu'un prêt. La dame qui vient de sortir a eu tort de parler d'aumône, car jamais, depuis deux ans que j'ai quitté mon père, je n'ai été à la charge de personne.

— Eh bien ! M. Louis, je deviendrai votre créancière. Voici quinze francs ; ils vous suffiront pour payer votre dette et subvenir à vos besoins jusqu'au bout de votre voyage.

— C'est plus qu'il ne me faut, dit Louis, mais j'accepte le tout. Maintenant, ce que je souhaite, c'est de trouver l'occasion de vous témoigner ma reconnaissance.

Une heure après cette petite scène, les voitures de nos voyageuses roulaient sur la route ; elles rencontrèrent Louis cheminant d'un bon pas, et portant avec une certaine fierté son havresac sur le dos.

Il est inutile de dire qu'arrivé chez lui, il s'empressa de raconter dans sa famille et dans tout le village la bonté de Virginie et la dureté d'Olympe ; qu'il se hâta d'aller avec son père témoigner sa reconnaissance à celle qui l'avait tiré d'un si mauvais pas ; il profita pour cela d'un moment où Olympe était absente, car Virginie était logée chez sa cousine, et cette visite faite en présence de mademoiselle de Cérizy eût été considérée comme un affront; néanmoins elle ne l'ignore pas.

Louis n'avait pas parlé de l'argent. Quelques jours après, c'était la fête patronale de Saint-Remy, on invita mademoiselle de La oche à se rendre dans l'ancienne demeure de son père, qui était un petit château à deux pas du village, afin d'y recevoir les hommages des habitants du lieu et les bouquets des jeunes filles; elle accepta et vint avec son tuteur; elle fut fêtée comme une dame châtelaine et comme une bienfaitrice. Le premier hommage qu'elle reçut fut une magnifique corbeille de fleurs, au milieu de laquelle se trouvait une belle bourse brodée d'or, qui contenait le montant de la dette de Louis, et exprimait sa reconnaissance par cette simple devise : *Je serai toujours votre débiteur.*

Virginie fut vivement touchée de ces preuves d'affection et de gratitude, et par suite il s'établit entre elle et les habitants de son pays natal un échange des sentiments les plus doux; toute jeune qu'elle était, elle se regardait comme la protectrice, comme la mère de tous ceux qui avaient besoin d'elle, elle soulageait les pauvres de ses économies, donnait de bons conseils à ceux qui lui en demandaient, enfin rendait service de toute manière chaque fois que cela lui était possible; de leur côté, les habitants de Saint-Remy lui étaient tout dévoués; ses propriétés n'avaient pas besoin de garde, tout le village eût lapidé celui qui eût osé lui causer le moindre tort; son nom était béni et respecté.

Olympe aussi persistait dans la voie où elle était entrée; son superbe château avait été autrefois la résidence des seigneurs de Saint-Remy; bien que ce titre n'existât plus depuis longtemps, la propriété de la terre de Cérizy avait toujours assuré à ses possesseurs sa prépondérance dans le canton; Olympe voyait donc avec jalousie que les anciens vassaux de sa famille la négligeaient pour sa cousine Virginie; elle n'en devint que plus hautaine dans ses rapports avec eux. Elle était dure envers ses fermiers et ses inférieurs, exigeait toujours tout ce qu'elle avait rigoureusement droit de demander, ne s'inquiétait aucunement des souffrances des autres; aussi peu à peu l'on redouta d'avoir avec elle le moindre rapport.

Quelques années se passèrent, les deux cousines se marièrent, et alors les bonnes qualités de l'une et les défauts de l'autre purent se voir dans tout leur jour; l'opinion publique leur rendit constamment justice.

Pendant ce temps-là Louis était devenu un personnage; son père mort, il avait recueilli un bel héritage, et comme il était fort intelligent, il avait profité de circonstances favorables et gagné beaucoup d'argent dans le commerce des bois. Il n'était pas le seul à qui profitassent son expérience et son habileté; fallait-il se hâter de vendre ses bois ou bien convenait-il de n'en rien faire, il allait trouver M. de Vigney (c'était le nom du mari de Virginie) et l'en prévenait; toujours celui-ci se trouvait bien des conseils de Louis, et comme il était propriétaire de forêts très étendues, il ne tarda pas à améliorer sa fortune.

Olympe, après deux ans de mariage, était devenue veuve, elle se nommait madame de Faugas. Elle administrait elle-même ses biens et s'était fixée à Cérizy.

On conçoit bien qu'elle ne consultait pas Louis, qui de son côté ne lui offrait pas ses conseils : aussi se trouvait-elle, pour la vente de ses bois, en rapport avec quelques intrigants qui la volaient à qui mieux mieux.

Ce désagrément n'était pas le seul qu'elle éprouvât : M. Louis avait été élu maire de sa commune, et grâce à lui autant qu'à l'affection des habitants, M. et madame de Vigney étaient devenus les personnages importants du pays ; leur influence et leur pouvoir dans le canton étaient sans bornes ; il est vrai qu'ils ne voulaient que ce qui était bon, juste et utile à tous.

Madame de Faugas, au contraire, restait en butte aux mille petits ennuis qu'éprouvent les riches propriétaires qui ne sont pas aimés de leurs voisins.

Vous voyez, mes chers lecteurs, combien le caractère d'Olympe et de Virginie avait contribué à rendre agréable ou à troubler leur existence de tous les jours. Vous avez vu quelles heureuses conséquences avaient découlé pour Virginie de la bonté qu'elle avait jadis témoignée à un inconnu. Mais un événement bien grave vint rendre encore plus évidente cette vérité : que la pratique des vertus est le meilleur de tous les moyens pour assurer son bonheur personnel et se défendre contre l'adversité.

Tout le monde a entendu parler de ces incendies si fréquents qui désolèrent, il y a quelques années, plusieurs provinces de France. Le Nivernais ne fut pas épargné. Là, ce n'était point aux granges, aux fermes, aux maisons, que s'attaquaient les incendiaires ; ils commettaient leurs crimes avec beaucoup plus de facilité, car c'était aux bois qu'ils mettaient le feu.

La principale richesse de toute la contrée se trouvant ainsi menacée, on veillait la nuit, on faisait des rondes, des battues de tous côtés ; plusieurs fois on prévint les ravages du feu qu'évidemment des mains criminelles avaient allumé au milieu des bois.

En janvier 1830 ces tentatives avaient cessé et la surveillance s'était ralentie, lorsqu'au milieu de la nuit des cris *au feu!* vinrent arracher à leur sommeil les habitants de Saint-Remy.

Une flamme dévorante s'élevait de trois côtés d'une magnifique futaie d'une vaste étendue, appartenant à madame de Faugas! Olympe arriva elle-même dans le village, et pressa les autorités, c'est-à-dire le maire et son adjoint, de diriger promptement les secours sur le lieu de l'incendie. Malgré sa hauteur habituelle, elle descendit jusqu'à prier : sa fortune tout entière était menacée.

Dans de tels périls l'homme secourt ses ennemis mêmes ; aussi se hâtait-on de diriger et les pompes et les travailleurs vers la futaie embrasée, lorsque tout-à-coup une voix s'éleva et s'écria :

— Voyez! voyez! le bois de madame de Vigny brûle aussi!

— Allons y! allons-y! s'écrièrent tous ceux qui étaient sur pied; que quelqu'un coure annoncer cela par les rues, il faut que tout le monde vienne!

Aussitôt, d'un mouvement spontané, les habitants qui étaient déjà en marche rebroussèrent chemin et coururent à toutes jambes vers le lieu du nouvel incendie; madame de Faugas les vit passer! Elle s'adressa, en pleurant, au maire pour lui demander aide; il venait de s'atteler lui-même à une pompe, et lui répondit dans son empressement :

— Eh quoi! n'avez-vous pas entendu

que c'est madame de Vigney qui brûle?

Et il partit d'un bon train.

Enfin, pour comble de douleur, elle vit son propre garde-forestier se mettre à la tête des nouveau-venus pour les diriger par un chemin rude, dangereux, mais le plus court de beaucoup; elle lui reprocha de l'abandonner, lui qui mangeait son pain.

— Je ne puis rien seul, répliqua le garde, et tant que madame de Vigney brûlera vous n'aurez personne d'ici; le plus sûr est donc d'aller les aider pour revenir ensuite chez vous.

Les secours portés aux bois de Virginie furent si prompts, qu'elle perdit à peine quelques arpents de taillis. Il n'en fut pas de même de ceux de madame de Faugas: l'incendie s'y étendit sans obstacle, et quand enfin l'on arriva pour le combattre, un vent violent du midi le favorisait; on ne s'en rendit maître que le surlendemain. Madame de Faugas perdit par cet événement une partie de sa fortune; elle n'en devint ni plus douce ni plus humaine, tant il est difficile d'étouffer les mauvaises qualités quand nous les avons laissé grandir avec nous.

FIN.

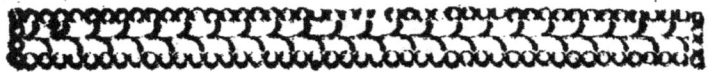

TABLE.

FIN DE LA TABLE.

Limoges. — Imp. E. ARDANT et Cie

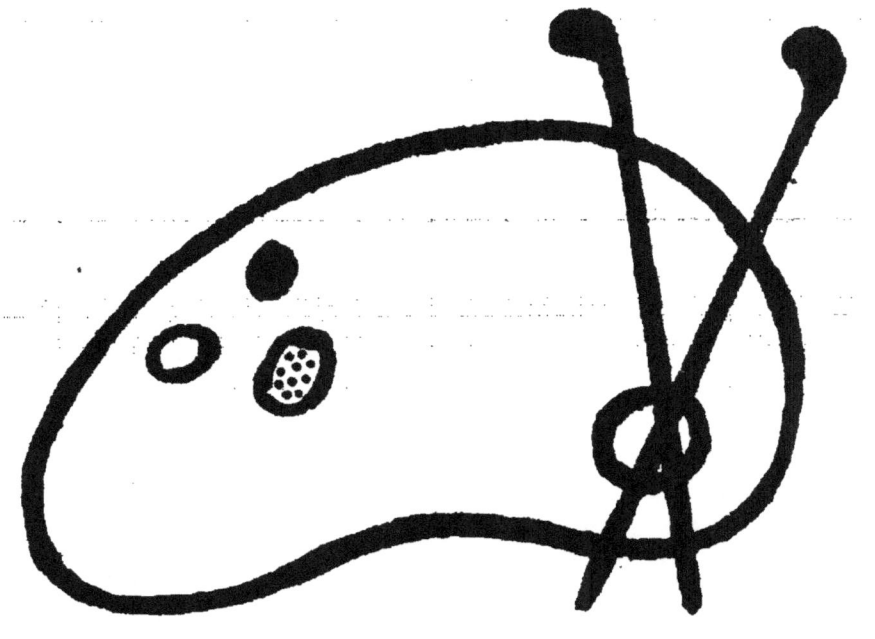

www.ingramcontent.com/pod-product-compliance
Lightning Source LLC
Chambersburg PA
CBHW060815180626
46818CB00002B/829